suhrkamp taschenbuch 4224

Eifersucht als produktive Kraft? Und ob! Max Frisch weiß davon zu berichten, genauso wie von all den anderen Höhen und Tiefen, die Frau und Mann zu durchleben haben, wenn sie es miteinander versuchen. Ohneeinander geht es freilich auch nicht, denn es gilt ja doch für jeden: *Man will geliebt sein.*

Margit Unser, 1956 in Walldorf bei Heidelberg geboren, studierte Geschichte, Philosophie und Pädagogik in Mainz. Sie ist seit Juli 2008 Leiterin des Max Frisch-Archivs in Zürich, wo sie auch lebt.

Max Frisch
Man will geliebt sein

Herausgegeben von Margit Unser

Suhrkamp

suhrkamp taschenbuch 4224
Erste Auflage 2011
Suhrkamp Taschenbuch Verlag
Für diese Auswahl

Druck und Bindung: Kösel, Krugzell
Printed in Germany
Einbandgestaltung: Göllner, Michels
ISBN 978-3-518- 46224-9

1 2 3 4 5 6 – 16 15 14 13 12 11

Man will geliebt sein

Man kann alles erzwingen, nur nicht Liebe.

TB1, S. 308

Und dann: die Wohnung finden für zweierlei Menschen, nicht nur für einen, sondern für eine Gemeinschaft zwischen Mann und Frau, schon der bloße Gedanke ist abenteuerlich und erregend!

Schwierigen, S. 518

Einmal, als Kind, hat Hanna mit ihrem Bruder gerungen und sich geschworen, nie einen Mann zu lieben, weil es dem jüngeren Bruder gelungen war, Hanna auf den Rücken zu werfen.
Sie war dermaßen empört über den lieben Gott, weil er die Jungens einfach kräftiger gemacht hat, sie fand ihn unfair, nicht ihren Bruder, aber den lieben Gott. Hanna beschloß, gescheiter zu sein als alle Jungens von München-Schwabing, und gründete einen geheimen Mädchenklub, um Jehova abzuschaffen. Jedenfalls kam nur ein Himmel in Frage, wo es auch Göttinnen gibt.

HF, S. 873

Über Liebe, als Beziehung zwischen den Geschlechtern, gebe es nichts Neues mehr zu berichten, das habe die Literatur dargestellt in allen Varianten ein für allemal, das sei für die Literatur, sofern sie diesen Namen verdient, kein Thema mehr – solche Verlautbarungen sind zu lesen; sie verkennen, daß das Verhältnis zwischen den Geschlechtern sich ändert, daß andere Liebesgeschichten stattfinden werden.

Montauk, S. 1576

»Daß ein anderer Mensch an uns glaubt, wenn uns der eigene Glaube zerschlagen ist, und ihn uns wiedergibt, das, dachte ich, wäre die Liebe, das Wunder der Liebe, die Gnade, unerklärbar wie das Nahen eines Engels …«

Schwierigen, S. 545

Ich stelle mir vor:
Da ruht Ihr nun also, ein Paar mit liebestoten Körpern allnächtlich im gemeinsamen Zimmer, ausgenommen die kurzen Reisen wie jetzt. Da wohnt Ihr nun also. Ob es eine Wohnung ist oder ein Haus, eingerichtet so oder so, wahrscheinlich antik-modern mit der üblichen Lampe japanischer Konfektion, jedenfalls ist da ein gemeinsames Bad, der tägliche Anblick von Utensilien für die unterschiedliche Pflege zwei-

er Körper, eines weiblichen, eines männlichen. Da sehnt Ihr euch manchmal. Keines von euch hat einen vertrauteren Menschen, nein, nicht einmal in der Erinnerung; nicht einmal in der Hoffnung. Kann man sich verbundener sein als Ihr? Man kann's nicht. Aber manchmal sehnt Ihr euch also. Wonach? Da schaudert es euch. Was eigentlich? Da lebt Ihr die endlos-raschen Jahre liebevoll, ein Paar, zärtlich, ohne es vor Gästen zu zeigen, denn Ihr seid es wirklich, ein wirkliches Paar mit zwei liebestoten Körpern, die einander nur selten nochmals suchen. Nur nach einer Reise etwa, einer Trennung von der Dauer eines Kongresses, kommt es vor, daß Ihr am hellichten Tag, kurz nach der Ankunft, ehe die Koffer ausgepackt und das Nötige berichtet ist, einander umarmt. Was soll das mit andern! Es erfrischt, aber es ist keines Geständnisses wert. Da habt Ihr noch einmal, wie einst, einen stundenlosen Tag im Morgenrock und mit Platten. Dann wieder der sanfte Schwund aller Neugierde beiderseits, nicht ausgesprochen und kaum gezeigt; nur getarnt hinter den Forderungen des Tages. Da lebt Ihr so hin. Eure Briefe, wenn Ihr einmal getrennt seid, erschrecken euch fast, beseligen euch selbst, indem Ihr schreibt mit einem Sturm vergessener Worte, mit einer Sprache, die Ihr verlernt habt. Aus einem Hotelzimmer mit leerem Doppelbett ruft Ihr an, Kosten nicht scheuend, aus

London oder Hamburg oder Sils, um zu plaudern mitten in der Nacht, dringlich vor Liebe. Da hört Ihr eure vergangenen Stimmen noch einmal, da zittert Ihr. Bis zum Wiedersehen zu Haus. Was bleibt, ist die Neigung, die stille und tiefe und fast unerschütterliche Neigung. Ist das vielleicht nichts? Ihr habt schon fast alles überstanden, ausgenommen das Ende, es ist euch nicht neu, daß eins von euch davonläuft in die Nacht, daß Zorn sich wieder gibt, daß es nichts hilft, wenn Ihr zwei Tage schweigt, Ihr seid ein Paar, jederzeit frei, aber ein Paar. Da ist nicht viel zu machen. Manchmal der Gedanke: Wieso gerade du? Ihr seht euch nach andern Männern um, nach anderen Frauen. Da kommt ja nicht viel in Frage oder alles. Nichts wird wilder sein als eure Liebe damals, bestenfalls ebenso. War sie wild? Davon sprecht Ihr nicht. In zärtlicher Schonung der Gegenwart. Oder es sei denn mit Vorwurf, der falsch ist wie jeder Vorwurf an das Leben. Wer kann denn etwas für die Gewöhnung? Wie es einmal war, davon weiß nur ein Spiegel in einem unmöglichen Hotelzimmer, ein rostig-silbrig-rauchiger Spiegel, der nicht aufhört ein Liebespaar zu zeigen, vielarmig, Mann und Frau, namenlos, zwei liebestrunkene Körper. Wer von euch es gesehen hat, bleibt Geheimnis. Beide? Das wart nicht Ihr im besondern. Warum verfolgt es euch, was jener Spiegel zeigt? Es könnte auch ein andrer Mann sein, eine andere Frau, Ihr wißt es und blickt einander an, Ihr im besondern, bemüht um Großmut durch Ironie, die vergeblich ist. Wie sollt Ihr es ertragen, daß Ihr euch so gut, immer besser, so geschlechtlos versteht, als wärt Ihr nicht immer noch, so als Körper gesehen, ein Mann und ein Weib? Da sucht Ihr plötzlich Grund zur Eifersucht. Ohne sie, o Gott, wäre eure tödliche Kameraderie vollkommen. Ein dummes Ereignis am Strand, eine natürlich leichte Umarmung zwischen Pinien, die das Unvergeßliche daran bleiben, eine Untreue, lang verjährt, im Schmerz verflucht, dann verstanden natürlich, ihr Name oder sein Name wird in Schweigen verwahrt wie ein Kronschatz, genannt nur im äußersten Gespräch, also selten, einmal oder zweimal im Jahr, damit er sich nicht abnutze wie die Liebe eurer Körper. O dieser Name! Er allein gibt noch einmal das wilde Gefühl für das andere, das süße, das heiße, das maßlose Gefühl, wenigstens die Kehrseite davon. Der Rest ist Neigung, eigentlich ein großes Glück; nur Wahnsinn wagt daran zu rütteln mit plötzlichem Verdacht in einer schlaflosen Nacht. Was ist denn los? Da stellt Ihr euch müde, da löscht Ihr das Licht, denn was soll schon los sein. Da entstehen dann, während das andere schon wieder schläft, Pläne, wie Gefangene sie sich machen, da seid Ihr nächtlich entschlossen zu jeglicher Wendung, zum Ausbruch, verwegen und kindisch, es ist nicht Begierde, aber die Sehnsucht nach Begierde; da packt Ihr die Koffer. Einmal sie, einmal er. Das wägt sich aus. Es führt nicht weit, Ehebruch, aber es bleibt bei der Ehe. Ihr seid ein Paar, im Grund gewiß, daß Ihr euch nimmermehr verliert, ein Paar mit liebestoten Körpern, und da hilft kein Kofferpacken; ein Anruf der lieben Stimme genügt, da kehrt Ihr zurück, um zu gestehen oder nicht, da lebt Ihr wieder im Alltag, der nämlich die Wahrheit ist, mit Pyjama und Zahnbürste im schaumigen Mund vor dem andern, mit musealer Nacktheit im Bad, die nicht aufregt, intim, da sprecht Ihr im Badezimmer über die Gäste, die eben gegangen sind, und über die geistige Welt, die euch verbindet. Da versteht Ihr einander, ohne einverstanden sein zu müssen. Ihr seid lebendig, Ihr entwickelt eure Ansichten, aber Ihr kennt eure Körper, wie man seine Möbel kennt, und da geht Ihr zu Bett, weil es ja schon wieder zwei Uhr ist, und morgen ist ein strenger Tag. Jetzt ist nicht Jetzt, sondern Immer. Wallungen gibt es, zärtliche, aber eins von beiden ist müde oder voll Gedanken, die nur jetzt sind, während eure Körper ja immer sind. Da seid Ihr allein in einem Haus, Ihr zwei, aber das seid Ihr oft, so oft. Da ist nichts dabei. Da hat die Ehe euch wieder, und Ihr gebt euch einen Kuß, der wie ein Punkt ist. Ihr sehnt euch: nicht nach einander, denn Ihr seid ja da, Ihr sehnt euch über einander hinaus, aber gemeinsam. Ihr sprecht von einer Reise im Herbst, einer gemeinsamen, Ihr sehnt euch plötzlich nach einem Land, das es übrigens gibt, Ihr braucht nur hinzufahren im Herbst. Niemand wird euch hindern daran. Ihr braucht keine Strickleiter, um euch zu küssen, und kein Versteck, und da ist keine Nachtigall und keine Lerche, die zum Jetzt und Aufbruch mahnt, keine Häscher drängen euch zusammen, kein Verbot, keine Angst, daß eure Liebessünde entdeckt wird. Ihr seid gebilligt. Was euch hindert: nur eure Körper. Jetzt raucht Ihr noch eine Zigarette, Ihr redet, Ihr lest die Zeitung im Bett. Ihr fragt euch nicht nach eurer Geschichte; die ist ja bekannt sozusagen. Der Kalender eurer Vorzeit ist längst bereinigt; eine erste und in ihrer Lückenhaftigkeit kühne, dann sorgsam ergänzte Auswahl von Namen und Daten und Orten ist abgeschlossen seit Jahren. Warum solltet Ihr jetzt, zwei Uhr nachts vor einem strengen Wochentag, nochmals nach eurer Vergangenheit forschen? Das Bekennen mit seinen Wonnen ist aufgebraucht, das Vertrauen lückenlos, die Neugierde vertan; das Vorleben des andern ist ein Buch, das man wie einen Klassiker zu kennen meint, etwas verstaubt schon, und nur bei Umzügen angesichts der leeren Zimmer, die hallen, nimmt man solche Bücher nochmals zur Hand, um zu staunen, mit wem man all die

Jahre gelebt hat. Man kann nicht all die Jahre staunen. Jetzt löscht Ihr die Zigarette. Vergangenheit ist kein Geheimnis mehr, die Gegenwart ist dünn, weil sie abgetragen wird von Tag zu Tag, und die Zukunft heißt Altern … Gantenbein, S. 1002ff.

ELVIRA Ich möchte, Pelegrin, daß wir heiraten.
PELEGRIN Heiraten …
Ich habe dieses Wort gefürchtet. Schon lange. Und nun, da unser Leck geflickt sein wird und uns die Meere wieder offen stehen, in diesem Augenblick, da sie die Segel hissen, in diesem Augenblick sagst du es.
ELVIRA Ich habe dich nicht geheißen, Pelegrin, daß du mich entführen solltest.
PELEGRIN Heiraten!
ELVIRA Ich möchte nur, was jede Frau, die liebt, von ihrem Geliebten möchte –
PELEGRIN Ein Nest, das man nicht mehr verläßt.
ELVIRA Wenn du kein schöneres Wort dafür weißt, ja.
PELEGRIN Nenne es, wenn es dir besser gefällt, einen Sarg. Die Ehe ist ein Sarg für die Liebe … Nur dies: der Mann soll sich die Flügel, das bißchen Flügel, das der Mensch schon hat, abschneiden. Sonst willst du nichts von ihm. Santa Cruz, S. 51

Frühstück mit Frauen, ja, ausnahmsweise in den Ferien, Frühstück auf einem Balkon, aber länger als drei Wochen habe ich es nie ertragen, offen gestanden, es geht in den Ferien, wenn man sowieso nicht weiß, was anfangen mit dem ganzen Tag, aber nach drei Wochen (spätestens) sehne ich mich nach Turbinen; die Muße der Frauen am Morgen, zum Beispiel eine Frau, die am Morgen, bevor sie angekleidet ist, imstande ist, Blumen anders in die Vase zu stellen, dazu Gespräch über Liebe und Ehe, das erträgt kein Mann, glaube ich, oder er heuchelt. Ich mußte an Ivy denken; Ivy heißt Efeu, und so heißen für mich eigentlich alle Frauen. Ich will allein sein! Schon der Anblick eines Doppelzimmers, wenn nicht in einem Hotel, das man bald wieder verlassen kann, sondern Doppelzimmer als Dauer-Einrichtung, das ist für mich so, daß ich an Fremdenlegion denke –

HF, S. 793

»Wie eitel die Männer sind! Kaum dünken sie sich von einem Wesen verstanden, vertragen sie es nicht mehr, daß eben dieses Wesen eine Gans sein könnte; sie sind gekränkt, wenn man es ihnen sagt! Alle sagen, man sei klug, man sei begabt – nur weil man ihnen überlegen ist, und im Grunde will man es nicht einmal, glauben Sie. Immer so lächerlich, wenn die

Frau überlegen ist, so aufreibend auch, wissen Sie. Was kommt dabei heraus? Und dann, mein Gott, immer das gleiche Lied, man sei keine Frau – weil sie nicht aufkommen, weil es einfach keine Männer mehr gibt …« Schwierigen, S. 393

Schwierig bleibt es nur mit Frauen.

Natürlich geht Gantenbein, um die neue Armbinde zu erproben, nicht gerade in das Café, wo er vor der Erblindung immer gewesen ist, sondern in ein anderes, wo die Kellner ihn nicht kennen, entzückt, lauter neue Gesichter zu sehen, Frauen, wie er sie noch nie gesehen hat. Sein Entzücken läßt ihnen keine Ruhe, er sieht es. Gantenbein trinkt seinen Campari, das schwarze Stöcklein zwischen den Knien, die gelbe Armbinde am Arm; er legt seine Zigarette in die Zuckerdose und was der Kniffe mehr sind. Trauen sie seiner amtlichen Armbinde nicht? Er fühlt sich gemustert. Er versucht sich in allen Posen der männlichen Unbefangenheit, die ihn verraten, und sieht das Ergebnis: auch sie, die Dame am Nebentisch, versucht sich in Posen der Unbefangenheit, sei es, daß sie plötzlich ihre Nase pudert, ihre Lippen malt oder den Kopf wendet, als wolle sie nicht begafft werden, oder sei es, daß sie ihn plötzlich durch ein Lächeln geradezu auf die Probe stellt. Es wird schwierig sein. Frauen glauben nie ganz an seine Blindnis, Armbinde hin oder her, Frauen spüren es im Rücken, wenn sie gesehen werden.

Gantenbein, S. 928

Männer formen sich so gerne die Wesen, die sie lieben, und man sieht es schon an den Buben: was sie nach ihrem Sinn geknetet haben, das werfen sie wieder fort, das hat keinen Reiz und keinen Wert mehr.

Antwort, S. 103

Du sollst dir kein Bildnis machen, heißt es, von Gott. Es dürfte auch in diesem Sinne gelten: Gott als das Lebendige in jedem Menschen, das, was nicht erfaßbar ist. Es ist eine Versündigung, die wir, so wie sie an uns begangen wird, fast ohne Unterlaß wieder begehen –
Ausgenommen wenn wir lieben.

TB1, S. 31

Sie setzte sich ins Café.
Ich war glücklich und trank meinen Pernod, ohne zu eilen, ich beobachtete sie durchs Glas der Veranda, wie sie bestellte, wie sie wartete, wie sie rauchte und einmal auf die Uhr blickte. Sie trug den schwarzen

Kapuzenmantel mit den Hölzchen und Schnüren, darunter ihr blaues Abendkleidchen, bereit für die Opéra, eine junge Dame, die ihr Rouge prüft. Sie trank Citron-pressé. Ich war glücklich wie noch nie in diesem Paris und wartete auf den Kellner, um zu zahlen, um gehen zu können – hinüber zu dem Mädchen, das auf mich wartet! – dabei war ich fast froh, daß der Kellner mich immer wieder warten ließ, obschon ich protestierte; ich konnte nie glücklicher sein als jetzt. HF, S. 805

»Darum quält mich die Gegenwart von Frauen. Das Bewußtsein meiner Schwäche zwingt mich zu immer neuem Versagen. Ein Kreislauf ohne Ausmündung. Ich mußte ihn durchbrechen, indem ich wegfuhr. Nun muß ich mich irgendwo und irgendwie bewähren, damit ich diese Angst loswerde und meine Selbstachtung nicht durch die Frau suche, wo ich sie, wie ich Ihnen bereits erklärt habe, niemals finden werde. So wenig ich sie im verdienten Geld fand. Man wird nicht Mann durch die Frau. Ich weiß nicht, wo mir dieser Irrtum unausgesprochenerweise eingeimpft worden ist. Aber ich fühle, daß ich dadurch den natürlichen Weg verloren habe, und nun muß ich einen weiten Umweg machen, um richtig zur Frau zurückzukommen, einen Umweg durchs Alleinsein und eine menschliche Bewährung, die man durch den Geist erringt und nicht im leiblichen Mannsein sucht. Denn nun weiß ich es besser: auch ein keuscher Mann ist ein Mann. Und erst, wenn ich mir dies bewiesen habe, nämlich durch eine männliche Tat, wenn ich eine Frau ansehen kann im Bewußtsein, daß meine Reinheit nicht eine Feigheit war, dann werde ich diese Hemmung besiegt haben, diese lähmende Angst, als man seine Reife durch die Frau suchte, zugleich wissend, daß man sie in der Frau nicht finden wird.«

Reinhart, S. 305

Vielleicht erinnert es ihn an die Frau, die in seinen Traum gekommen ist, eine Frau, die nicht Barbara und nicht Irene war, sondern beide und keine und alle, wie es in Träumen möglich ist, eine Frau, die hundert Gesichter hat und der man nicht entfliehen kann, da sie in allen Frauen ist, und die ihre Arme auftat, so mütterlich und so anders zugleich, wie es in Träumen möglich ist, so unsagbar einfach …

Antwort, S. 93

»Jede Frau, die von ihrem Geliebten nicht unterdrückt wird, leidet schließlich an der Angst, überlegen zu sein – an der Angst, daß er kein wirklicher Mann sei.« Schwierigen, S. 478

Neulich war sie doch ziemlich verdutzt bei meiner beiläufigen Erwähnung der wissenschaftlichen These, daß in der ganzen Natur kein einziges Weibchen, ausgenommen die menschliche Frau, den sogenannten Orgasmus erfährt. [...] Möglicherweise sind es sogar nur wenige Frauen, die ohne Schauspielerei jenen hinreißenden Sinnenrausch erleben, den sie von der Begegnung mit dem Mann erwarten, glauben erwarten zu müssen auf Grund der Romane, die, von Männern geschrieben, immer davon munkeln; hinzu kommt die eitle Lüge der Frauen unter sich.

Stiller, S. 437

Daß es anders nicht geht, daß der Mann immer ein Welträtsel daraus macht, wenn er einer Frau nicht mehr genügt! ... Schwierigen, S. 472

Ich höre, was du, weit weg von mir, auf Tonband gesprochen hast vor einer Woche. Deine Stimme, dein Stammeln, dein Schluchzen. Nie bist du so gegenwärtig gewesen wie durch dieses Tonband. Dein

Schock, der nichts mit uns zu tun hat, sondern mit deiner frühen Kindheit und deinem wirklichen Vater. Ich meine zu sehen, wie es dich schüttelt, du bist auf dem anderen Kontinent, aber allein durch deine Stimme bist du körperlich näher als je in unsrer Paarschaft. TB3, S. 72

Frauen haben bei ihm leicht das Gefühl, verstanden zu werden. Er hat wenig Freunde unter Männern. Unter Männern kommt er sich nicht als Mann vor. Aber in seiner Grundangst, nicht zu genügen, hat er eigentlich auch Angst vor den Frauen. Er erobert mehr, als er zu halten vermag, und wenn die Partnerin einmal seine Grenze erspürt hat, verliert er jeden Mut; er ist nicht bereit, nicht imstande, geliebt zu werden als der Mensch, der er ist, und daher vernachlässigt er unwillkürlich jede Frau, die ihn wahrhaft liebt, denn nähme er ihre Liebe wirklich ernst, so wäre er ja genötigt, infolgedessen sich selbst anzunehmen – davon ist er weit entfernt!

Stiller, S. 565

Zu den glücklichsten Minuten, die ich kenne, gehört die Minute, wenn ich eine Gesellschaft verlassen habe, wenn ich in meinem Wagen sitze, die Türe zuschlage und das Schlüsselchen stecke, Radio andrehe, meine Zigarette anzünde mit dem Glüher, dann schalte, Fuß auf Gas; Menschen sind eine Anstrengung für mich, auch Männer. Was die Stimmung betrifft, so mache ich mir nichts draus, wie gesagt. Manchmal wird man weich, aber man fängt sich wieder. Ermüdungserscheinungen! Wie beim Stahl, Gefühle, so habe ich festgestellt, sind Ermüdungserscheinungen, nichts weiter, jedenfalls bei mir. Man macht schlapp! Dann hilft es auch nichts, Briefe zu schreiben, um nicht allein zu sein. Es ändert nichts; nachher hört man doch nur seine eignen Schritte in der leeren Wohnung. Schlimmer noch: diese Radio-Sprecher, die Hundefutter anpreisen, Backpulver oder was weiß ich, dann plötzlich verstummen: Auf Wiederhören morgen früh! Dabei ist es erst zwei Uhr. Dann Gin, obschon ich Gin, einfach so, nicht mag, dazu Stimmen von der Straße, Hupen beziehungsweise das Dröhnen der Subway, ab und zu das Dröhnen von Flugzeugen, es ist ja egal. Es kommt vor, daß ich dann einfach einschlafe, die Zeitung auf dem Knie, die Zigarette auf dem Teppich. Ich reiße mich zusammen. Wozu? Irgendwo noch ein Spätsender mit Sinfonien, die ich abstelle. Was weiter? Dann stehe ich einfach da, Gin im Glas, den ich nicht mag, und trinke; ich stehe, um keine Schritte zu hören in meiner Wohnung, Schritte, die doch nur meine eignen sind. Alles ist nicht tragisch, nur mühsam: Man kann sich nicht selbst Gutnacht sagen – Ist das ein Grund zum Heiraten?

HF, S. 794

Ich lasse mich von Lila aushalten.
Grund:
Es gibt kaum ein Paar, das nicht spätestens bei der Trennung entdeckt, daß die Geldfrage zwischen Mann und Frau nie gelöst worden ist, und sich bitterlich daran verletzt. Gemeint ist nicht das glückliche Paar, das zu wenig Geld hat; das ist nicht die Geldfrage zwischen Mann und Frau, die erst beginnt, wo beide genug für sich selbst verdienen, also genug auch für beide, so meint man. Versuche mit gemeinsamer Kasse, jedes gibt und nimmt zugleich, sind gemacht worden, scheitern aber an der heutigen Gesellschaft, die sich, vom Trinkgeldnehmer bis zum Staat, nach wie vor an den Herrn wendet –

Gantenbein, S. 962

Was verstehen Sie, Madame, unter Ehe?
Madame, ich habe mir die Mühe genommen, die durchschnittliche Anzahl der Ehebrüche in meinem Freundeskreis, der sicherlich nicht der schlech-

teste ist, zu ermitteln, wobei ich, wohlverstanden, nur Ehebrüche einsetze, die mindestens drei Unbeteiligten als zweifellos erscheinen – ich komme, Männer bis zu 50 Jahren gerechnet, auf einen ortsüblichen Durchschnitt von 5,1607. Bitte! Ehebrüche, die mit weltmännischer Sorgfalt geplant und nur umständehalber gescheitert sind, sowie bloße Anwandlungen, die allerdings sehr weit gehen können und sogar das Vergehen, das tatsächliche, oft an Innigkeit übertreffen, nicht gerechnet: 5,1607. Und dabei, Madame, sind all diese Leute (ich werde keine Namen nennen) Leute, die der Ansicht sind, daß die Ehe geht.

Wut, S. 489

Ich bin nicht zynisch. Ich bin nur, was Frauen nicht vertragen, durchaus sachlich. Ich bin kein Unmensch, wie Ivy behauptet, und sage kein Wort gegen die Ehe; meistens fanden die Frauen selbst, daß ich mich nicht dafür eigne. Ich kann nicht die ganze Zeit Gefühle haben. Alleinsein ist der einzig mögliche Zustand für mich, denn ich bin nicht gewillt, eine Frau unglücklich zu machen, und Frauen neigen dazu, unglücklich zu werden. Ich gebe zu: Alleinsein ist nicht immer lustig, man ist nicht immer in Form. Übrigens habe ich die Erfahrung gemacht, daß Frauen, sobald unsereiner nicht in Form ist, auch nicht in Form bleiben; sobald sie sich langweilen, kommen die Vorwürfe, man habe keine Gefühle. Dann, offen gestanden, langweile ich mich noch lieber allein. Ich gebe zu: auch ich bin nicht immer für Television aufgelegt [...] (obschon überzeugt, daß die Television in den nächsten Jahren auch noch besser wird, nebenbei bemerkt) und Stimmungen ausgeliefert, aber gerade dann begrüße ich es, allein zu sein. HF, S. 794

Vielleicht ist die Ehe überhaupt nur eine Frage des Takts. Gantenbein, S. 977

Eifersucht

Wenn der Unselige, der mich gestern besucht hat, ein Mann, dessen Geliebte es mit einem andern versucht, wenn er ganz sicher sein könnte, daß die Gespräche eines andern, die Küsse eines andern, die zärtlichen Einfälle eines andern, die Umarmung eines andern niemals an die seinen heranreichen, wäre er nicht etwas gelassener?
Eifersucht als Angst vor dem Vergleich.

Was hätte ich sagen können? Eine Trauer kann man teilen, eine Eifersucht nicht. Ich höre zu und denke:

Was willst du eigentlich? Du erhebst Anspruch auf einen Sieg ohne Wettstreit, verzweifelt, daß es überhaupt zum Wettstreit kommt. Du redest von Treue, weißt aber genau, daß du nicht ihre Treue willst, sondern ihre Liebe. Du redest von Betrug, und dabei schreibt sie ganz offen, ganz ehrlich, daß sie mit Ihm verreist ist – Was, mein Freund, willst du eigentlich?
Man will geliebt sein.
Nur in der Eifersucht vergessen wir zuweilen, daß Liebe nicht zu fordern ist, daß auch unsere eigene Liebe, oder was wir so nennen, aufhört, ernsthaft zu sein, sobald wir daraus einen Anspruch ableiten ...

Wie ist es möglich, daß sich die Eifersucht, wie es denn öfter vorkommt, sogar auf Tote beziehen kann, die mindestens als leibliche Gestalt nicht wiederkommen können?
Nur aus Angst vor dem Vergleich.

Ferner weiß jeder, daß er für die Frau, der er in Eifersucht gegenübertritt, alles andere als gewinnend ist. Seine Eifersucht, offensichtliche Angst vor dem Vergleich, ist für sie nicht selten die erste Ermunterung, sich umzusehen, Vergleiche anzustellen. Sie wittert plötzlich seine Schwäche. Sie blüht geradezu unter seiner Eifersucht – mit Recht findet er sie schöner als je! – blüht in neuer unwillkürlicher Hoffnung, daß ihre Liebe (denn warum hätte er sonst solche Angst?) offenbar noch ganz andere Erfüllungen erfahren könnte …

Männer, die ihrer Kraft und Herrlichkeit sehr sicher sind, wirklich sicher, und Weiber, die ihres Zaubers sicher sind, so sicher, daß sie beispielsweise nicht jedem Erfolg ihres Zaubers nachgeben müssen, sieht man selten im Zustand der Eifersucht. Dabei fehlt es auch ihnen nicht an Anlaß! Aber sie haben keinen Grund zur Angst, und zwar kennen sie den Verlust, die brennende Wunde, die keiner Liebe erspart bleibt, doch kommen sie sich darum nicht lächerlich vor, nicht verhöhnt, nicht minderwertig. Sie tragen es, nehmen es nicht als Niederlage, sowenig wie das Sterben eine Niederlage ist, machen kein Geheul über Untreue, und die Frau, der sie eines Tages nicht mehr genügen, beschimpfen sie nicht als Hure, was sowieso meistens ein falsches, unpassendes Wort ist –

Der Raub der Sabinerinnen – welcher gesunde und einigermaßen aufrichtige Mensch, Mann oder Weib, ist nicht auf seiten der Räuber? Umsonst besinne ich mich auf ein Kunstwerk, das uns die armen Sabiner zeigte, um uns zu erschüttern.

Und die Tugend?

Sabiner, die sich auf die Tugend ihrer Sabinerinnen

verlassen müssen, tun uns leid, selbst wenn die Tugend hält. Sie sind Inhaber ihrer Weiber, gesetzlich geschützt, von Staat und Kirche versichert gegen jeden Vergleich, und damit sollen sie nun glücklich sein: bis die Räuber über den Berg kommen, bis die Welt es hören wird, wie die Sabinerinnen jauchzen, wenn ihre Tugend endlich nichts dagegen vermag, daß sie in den Armen der Stärkeren liegen.
Oh, die Angst vor diesem Jauchzen!

Die Sprache schon meint es nicht gut, wenn sie vom Gehörnten redet oder vom Hahnrei, ein besseres Wort hat sie nicht, und es ist kein Zufall, daß die Eifersucht, wie bitter sie auch in Wahrheit schmeckt, so viele Possen füllt. Immer droht ihr das Lächerliche. Sogar Kleist, der Tragiker, muß es in eine Komödie wenden, wenn er den Amphitryon zeigt, der immerhin von einem Zeus betrogen wird. Offenbar ist die Eifersucht, obschon sie Entsetzliches anzurichten vermag, nicht eine eigentlich tragische Leidenschaft, da ihr irgendwo das Anrecht fehlt, das letzte, das ihr die Größe gäbe –
Othello?
Was uns an Othello erschüttert, ist nicht seine Eifersucht als solche, sondern sein Irrtum: er mordet ein Weib, das ihn über alles liebt, und wenn dieser Irrtum nicht wäre, wenn seine Eifersucht stimm-

te und seine Frau es wirklich mit dem venezianischen Offizier hätte, fiele seine ganze Raserei (ohne daß man ein Wort daran ändern müßte) unweigerlich ins Komische; er wäre ein Hahnrei, nichts weiter, lächerlich mitsamt seinem Mord. TB1, S. 325ff.

Ihre Freiheit gehört zu ihrem Glanz. Die Eifersucht ist der Preis von meiner Seite; ich bezahle ihn voll. Auf der sommernächtlichen Terrasse mit Blick über Rom schlafe ich mit dem Gesicht in der eignen Kotze. Ich leide zur Mehrung meines zärtlichen Verlangens. Wenn sie aber da ist, so ist sie da. Oder täusche ich mich? Was es nie gewesen ist: Ehe als Häuslichkeit in Kleinmut. Was quält mich? Ich sitze in meinem Zimmer und belausche sie nicht, aber ich höre, wie sie am Telefon mit jemand spricht; ihre Stimme ist fröhlich, sie lacht, es wird ein langes Gespräch; ich habe keine Ahnung, wem sie es sagt: Übermorgen fahre ich nach London! ohne zu erwähnen, daß wir zusammen nach London fahren zu meiner Aufführung. Einmal habe ich getan, was man nicht tun darf: ich habe Briefe gelesen, die nicht an mich gerichtet sind, Briefe von einem Mann; sie erwägen die Ehe. Ich schäme mich und schweige. Sie lügt nicht, wenn ich frage. Sie schreibt: Wenn sich zwischen uns etwas ändert, so werde ich es dir sagen. Montauk, S. 1610

Dabei hat Hanna immer getan, was ihr das Richtige schien, und das ist für eine Frau, finde ich, schon allerhand. Sie führte das Leben, wie sie's wollte. Warum es mit Joachim nicht gegangen war, sagte sie eigentlich nicht. Sie nennt ihn einen lieben Menschen. Von Vorwurf keine Spur; höchstens findet sie uns komisch, die Männer ganz allgemein. Hanna hat sich vielleicht zuviel versprochen, die Männer betreffend, wobei ich glaube, daß sie die Männer liebt. Wenn Vorwurf, dann sind es Selbstvorwürfe; Hanna würde die Männer, wenn sie nochmals leben könnte oder müßte, ganz anders lieben. Sie findet es natürlich, daß die Männer (sagt sie) borniert sind, und bereut nur ihre eigne Dummheit, daß sie jeden von uns (ich weiß nicht, wieviele es gewesen sind) für eine Ausnahme hielt. Dabei ist Hanna, wie ich finde, alles andere als dumm. Sie findet es aber. Sie findet es dumm von einer Frau, daß sie vom Mann verstanden werden will; der Mann (sagt Hanna) will die Frau als Geheimnis, um von seinem eignen Unverständnis begeistert und erregt zu sein. Der Mann hört nur sich selbst, laut Hanna, drum kann das Leben einer Frau, die vom Mann verstanden werden will, nicht anders als verpfuscht sein. Laut Hanna. Der Mann sieht sich als Herr der Welt, die Frau nur als seinen Spiegel. Der Herr ist nicht gezwungen, die Sprache der Unterdrückten zu lernen; die Frau ist gezwungen, doch nützt es ihr nichts, die Sprache ihres Herrn zu lernen, im Gegenteil, sie lernt nur eine Sprache, die ihr immer unrecht gibt. Hanna bereut, daß sie Dr. phil. geworden ist. Solange Gott ein Mann ist, nicht ein Paar, kann das Leben einer Frau, laut Hanna, nur so bleiben, wie es heute ist, nämlich erbärmlich, die Frau als Proletarier der Schöpfung, wenn auch noch so elegant verkleidet – HF, S. 835f.

Man muß einen andern verlassen, Entschluß ist Entschluß und unerschütterlich, aber damit ist die Trennung noch nicht vollstreckt; man möchte die Vollstreckung in Würde, aber die Würde hindert die Vollstreckung; einer der beiden Partner kann's nicht fassen, so lange die Würde gewahrt bleibt, und liebt wie noch nie; eines Abends steht er wieder da; man kann Abschiede nicht durch Briefe vollstrecken –

Gantenbein, S. 1146

Ihre Vermutung, ich sei traurig, weil allein, verstimmte mich. Ich bin gewohnt, allein zu reisen. Ich lebe, wie jeder wirkliche Mann, in meiner Arbeit. Im Gegenteil, ich will es nicht anders und schätze mich glücklich, allein zu wohnen, meines Erachtens der einzigmögliche Zustand für Männer, ich genieße es, allein zu erwachen, kein Wort sprechen zu müssen. Wo ist die Frau, die das begreift? Schon die Frage, wie ich geschlafen habe, verdrießt mich, weil ich in Gedanken schon weiter bin, gewohnt, voraus zu denken, nicht rückwärts zu denken, sondern zu planen. Zärtlichkeiten am Abend, ja, aber Zärtlichkeiten am Morgen sind mir unerträglich, und mehr als drei oder vier Tage zusammen mit einer Frau war für mich, offen gestanden, stets der Anfang der Heuchelei, Gefühle am Morgen, das erträgt kein Mann. Dann lieber Geschirr waschen! HF, S. 793

Eine Lebenslage, wo Gantenbein seine Blindenbrille abnimmt, ohne deswegen aus seiner Liebesrolle zu fallen: die Umarmung.
Ein Mann, ein Weib.
Sie kennt vermutlich viele Männer, solche und solche, auch Versager, weil sie sich zu etwas verpflichtet wähnen, was von der Frau nicht in erster Linie erwartet wird, Vergewaltiger nicht aus Rausch, sondern vom Willen her, Ehrgeizlinge, die vor Ehrgeiz versagen, langweilig, Tumblinge sind die Ausnahme, einmal vielleicht ein italienischer Fischer, meistens aber Männer von Geist, Neurotiker, störbar und schwierig, wenn sie die Augen von Lila sehen, sie küssen mit geschlossenen Augen, um blind zu sein vor

Verzückung, aber sie sind nicht blind, haben Angst und sind taub, haben nicht die Hände eines Blinden, Hingabe, aber nicht bedingungslos, nicht unstörbar, Zärtlichkeit, aber nicht die Zärtlichkeit eines Blinden, die erlöst von allem, worüber man erschrickt, wenn man es vom andern auch gesehen weiß; ein Blinder kommt nicht von außen; ein Blinder, eins mit seinem Traum, vergleicht sie nicht mit andern Frauen, nicht einen Atemzug lang, er glaubt seiner Haut –
Ein Mann, ein Weib.
Erst am andern Morgen, wenn Lila noch schläft oder so tut, als schlafe sie, um ihn nicht aus seinem Traum zu wecken, nimmt Gantenbein schweigsam seine Brille wieder vom Nachttisch, um Lila vor jedem Zweifel zu schützen; erst das Geheimnis, das sie voreinander hüten, macht sie zum Paar.

Gantenbein, S. 978

Sie halten sich für einen Frauenkenner, weil Sie jeder Frau gegenüber jedesmal denselben Fehler machen.

Biografie, S. 640

Nie ist der Geliebte ein wirklicher Mensch, er ist ein Gott oder Götze, zuerst, eigenschaftlos und herrlich und erhaben über alles, was er tut oder nicht tut. Jetzt aber, wo Hortense mit dem bösen Blick einer Liebenden sah, die, ohne Hoffnung in ihrer Liebe, alles braucht, was sie von dieser Liebe befreien kann, jetzt war er eine Summe von schmerzlichen Mängeln, verdächtig in allem, was er tut oder nicht tut. Hortense zweifelte nicht, daß sie nun klarer sah, daß dieses neue Bild nun das wirklichere war, ja, sogar die Wirklichkeit selber, und trotz der bitteren Verluste, die diese Einsicht kostete, Verluste an grenzenlosem Hoffen und Glauben, das die Geglaubten wie die Glaubenden erhebt, war sie auf sonderbare Weise froh, ihn nochmals gesehen zu haben, obgleich es sie jedesmal, wenn er wieder vor ihr saß und sprach oder sie ansah, für Augenblicke gänzlich verwirrte. Oh, es fiel ihr wie Schuppen von den Augen! Er forderte von ihr, was er selber nicht vermochte. Er, der ihr den Halt an ihren eigenen Leuten genommen hatte, suchte nun Halt an ihr, nachdem er nur einmal mit ihrem Vater gesprochen hatte. Verlange nicht, dachte sie, sondern mache, daß ich an dich glauben muß! Er redete auf sie ein. Worte, dachte sie, Worte! Sie sah ihn, der eben noch ziemlich die Welt war, die einzig wirkliche, als eine Summe von Worten. Und man heiratet keine Worte. Schwierigen, S. 547f.

Rolf fand es so kleinlich, so spießig; noch einmal (jedoch mit einem deutlichen Unterton, daß es das letzte Mal sein würde) hielt Rolf seinen ›Vortrag‹ und ließ sich nicht unterbrechen, nein, Sibylle mußte nun wirklich einmal zu einer großzügigeren Auffassung der Ehe kommen, mußte Vertrauen haben, mußte begreifen, daß Rolf sie liebte, selbst wenn er zuweilen eine andere Frau auf Reisen traf; übrigens war es dieses Mal gar nicht der Fall gewesen, aber es ging ihm wie allen Männern insbesondere ums Grundsätzliche, und da, wie gesagt, hoffte er, Sibylle denn doch zu einem reiferen Begriff von Ehe führen zu können, zur Einsicht, daß ein gewisses Maß von Freiheit auch in einer Ehe vonnöten ist. Er verbat sich Anwandlungen von Eifersucht. Stiller, S. 583

Hänge ich am Leben?
Ich hänge an einer Frau.
Ist das genug? TB3, S. 14

Eifersucht als Beispiel dafür, Eifersucht als wirklicher Schmerz darüber, daß ein Wesen, das uns ausfüllt, zugleich außen ist. Ein Traumschreck bei hellichtem Tag. Eifersucht hat mit der Liebe der Geschlechter weniger zu tun, als es scheint; es ist die Kluft zwischen der Welt und dem Wahn, die Eifersucht im engern Sinn nur eine Fußnote dazu, Schock: die Welt deckt sich mit dem Partner, nicht mit mir, die Liebe hat mich nur mit meinem Wahn vereint.

Gantenbein, S. 1119

Alles wiederholt sich:
Sterne sickern durch laublosen Wald, Frühling um Frühling, Vögel zwitschern und die Liebenden leiden umeinander, Lachen und Weinen gehen Arm in Arm, Briefe werden geschrieben und wieder zerrissen, und Erregung verklingt in Erregung, Sehnsüchte hangen offen in den Abend hinaus, springen wie Knospen, fast wehe vor eigenem Wachsein …

Schwierigen, S. 560

IST DIE EHE FÜR SIE NOCH EIN PROBLEM?

Ich erinnere mich an eine Frau, die sich ihre zehn Finger am Verputz in der Toilette blutig gekratzt hat, nachdem ich meinen Ehebruch gestanden habe. Das Blut am Verputz habe ich am Abend bemerkt, ihre wunden Finger erst am andern Morgen. Ferner erinnere ich mich an eine Frau, die sich aus dem Bett aufrichtet, um ihren Mann in seiner Praxis anzurufen:

aus einer Kabine, sagt sie, und ich höre weg, und eine gute Stunde später speisen wir zu dritt …

Montauk, S. 1598

Ich kann vollkommen glücklich sein.

SILS MARIA:

wenn wir an dem See sitzen, wo Friedrich Nietzsche seinen Zarathustra gehört hat, und wenn die Gebirge dunkler sind als der abendliche See, der, wo kein Wind ihn kräuselt, ihre Silhouette spiegelt, und wenn es nichts zu sagen gibt: wenn wir um Mittag auf dem glitzernden Firn stapfen und einander mit Schneebällen beschiessen; wenn sie das Picnic ausbreitet auf einem Stein und wenn ich dazu eine Flasche (FENDANT) entkorke; wenn sie hundert Schritte vor mir wandert, als gehörten wir nicht zusammen, und wenn sie vor sich hinsingt, bis sie plötzlich wartet, um mich nach dem Namen eines grotesken Pilzes zu fragen, den ich natürlich nicht kenne, nein, nicht einmal in meiner eigenen Sprache; wenn wir abermals an dem See sitzen (heute ist das Gebirge von grauen Wolken umschlichen, also ohne Silhouette, die sich zur Spiegelung anbietet) und wenn sie weiter und weiter liest in ihrem bunten paperback-pageturner – ich lese gar nichts – oder wenn ich an einem andern Tag zusehe, wie sie zwischen

Lärchen davonreitet, und wenn ich auf einem moosigen Fels hocke und irgendeine Zeitung lese oder mich für die Rinde verschiedener Bäume interessiere (wie Rinden sich anfühlen, wenn man sie in der Hand zermürbt) – bis ich nach zwei Stunden in der Ferne zwei Pferde erkenne; wenn sie zwischen den Lärchen zurückkommt im Trab, ihr geknotetes Haar hat sich inzwischen aufgelöst und weht offen.
SAMEDAN. TB3, S. 112

Es sind die kleinen Rechthabereien, die eine große Liebe zermürben. Gantenbein, S. 959

»Natürlich gibt es Fälle, da man sich trennen kann, da man sich trennen sollte, und wenn's nicht geschieht, ist es Feigheit, Schlappheit. Wie vielen wünsche ich die Trennung, je rascher, um so besser, es gibt Episoden, uneheliche und eheliche, sicherlich, man kann Schluß machen, wenn etwas erledigt ist. Nicht jedes Paar wird sich zum Kreuz!«

Stiller, S. 707

Was ist denn meine Schuld? Ich habe sie auf dem Schiff getroffen, als man auf die Tischkarten wartete, ein Mädchen mit baumelndem Roßschwanz vor mir. Sie war mir aufgefallen. Ich habe sie angesprochen, wie sich Leute auf einem solchen Schiff eben ansprechen; ich habe dem Mädchen nicht nachgestellt. Ich habe dem Mädchen nichts vorgemacht, im Gegenteil, ich habe offener mit ihr gesprochen, als es sonst meine Art ist, beispielsweise über mein Junggesellentum. Ich habe einen Heiratsantrag gemacht, ohne verliebt zu sein, und wir haben sofort gewußt, daß es Unsinn ist, und wir haben Abschied genommen. Warum habe ich sie in Paris gesucht! Wir sind zusammen in die Opéra gegangen, und nachher nahmen wir noch ein Eis, dann fuhr ich sie, ohne sie länger aufzuhalten, zu ihrem billigen Hotel bei Saint Germain, ich habe ihr angeboten, ihre Autostop-Fahrt mit mir zu machen, da ich den Citroën von Williams hatte, und in Avignon, wo wir zum ersten Mal übernachteten, wohnten wir selbstverständlich (alles andere hätte auf eine Absicht schließen lassen, die ich gar nicht hatte) im gleichen Hotel, aber nicht einmal auf der gleichen Etage; ich dachte nicht einen Augenblick daran, daß es dazu kommen würde. Ich erinnere mich genau. Es war die Nacht (13.V.) mit der Mondfinsternis, die uns überraschte; ich hatte keine Zeitung gelesen, und wir waren nicht darauf gefaßt. Ich sagte: Was ist denn mit dem Mond los? Wir hatten im Freien gesessen, und es war ungefähr zehn Uhr, Zeit zum Aufbrechen, da wir in der Morgenfrühe weiterfahren wollten. Die bloße Tatsache, daß drei Himmelskörper, Sonne und Erde und Mond, gelegentlich in einer Geraden liegen, was notwendigerweise eine Verdunkelung des Mondes verursacht, brachte mich aus der Ruhe, als wisse ich nicht ziemlich genau, was es mit einer Mondfinsternis auf sich hat – ich zahlte, als ich den runden Erdschatten auf dem Vollmond bemerkte, sofort unseren Kaffee, und wir gingen Arm in Arm hinauf zur Terrasse über der Rhone, um eine volle Stunde lang, nach wie vor Arm in Arm, in der Nacht zu stehen und die verständliche Erscheinung zu verfolgen. Ich erklärte dem Mädchen noch, wieso der Mond, vom Erdschatten gänzlich überdeckt, trotzdem so viel Licht hat, daß wir ihn deutlich sehen konnten, im Gegensatz zum Neumond, deutlicher sogar als sonst: nicht als leuchtende Scheibe wie sonst, sondern deutlich als Kugel, als Ball, als Körper, als Gestirn, als eine ungeheure Masse im leeren All, orange. Ich erinnere mich nicht, was ich alles redete in jener Stunde. Das Mädchen fand damals (daran erinnere ich mich) zum ersten Mal, daß ich uns beide ernst nehme, und küßte mich wie nie vorher. Dabei war es, als bloßer Anblick, eher beklemmend, eine immerhin ungeheure Masse, die da im Raum schwebt, beziehungsweise saust, was die sachlich gerechtfertigte Vorstellung nahelegte, daß wir, die Erde, ebenso im Finstern schweben, beziehungsweise sausen. Ich redete vom Tod und Leben, glaube ich, ganz allgemein, und wir waren beide aufgeregt, da wir noch nie eine dermaßen klare Mondfinsternis gesehen hatten, auch ich nicht, und zum ersten Mal hatte ich den verwirrenden Eindruck, daß das Mädchen, das ich bisher für ein Kind hielt, in mich verliebt war. Jedenfalls war es das Mädchen, das in jener Nacht, nachdem wir bis zum Schlottern draußen gestanden hatten, in mein Zimmer kam –

HF, S. 821f.

MY LIFE AS A MAN:

manchmal meine ich sie zu verstehen, die Frauen, und im Anfang gefällt ihnen meine Erfindung, mein Entwurf zu ihrem Wesen; zumindest verwundert es sie, wenn ich in ihnen sehe, was meine Vorgänger nicht gesehen haben. Damit gewinne ich sie überhaupt. NIE HABE ICH MIT EINEM MANN SO SPRECHEN KÖNNEN WIE MIT DIR, das habe ich mehr als ein Mal gehört bei Abschieden. Schmeicheln kann jeder, das habe ich nicht nötig; es schmeichelt ihnen, wenn sie mich unter dem Zwang sehen, sie zu erraten. Eine Zeitlang überzeugt es sie, was mir zu ihnen einfällt; ich sehe sie nicht simpel, sondern voller Widersprüche. DAS HAT MIR NOCH NIEMAND GESAGT, sagen sie, ABER VIELLEICHT HAST DU RECHT. Mein Entwurf hat etwas Zwingendes. Wie jedes Orakel. Ich staune dann selber, wie ihr Verhalten bestätigt, was ich geahnt habe. Natürlich habe ich nicht für jede Frau den gleichen Entwurf. Es läßt mir keine Ruhe, ich muß wissen, wen ich liebe. Erfahrungen mit einer Partnerin zu übertragen auf die nächste Partnerin, davor hüte ich mich. Wenn ich es aus Versehen trotzdem tue, so weiß ich mich im Unrecht. Es muß an mir liegen, wenn ähnliche Verhaltensweisen wiederkehren, oft sogar haargenau. Dabei fehlt es, so meine ich, nicht an Fantasie; ich erfinde für jede Partnerin eine andere Not mit mir. Zum Beispiel, daß sie die Stärkere ist oder daß ich der Stärkere bin. Sie selber verhalten sich danach, wenigstens in meiner Gegenwart. Wenn ich sehe, daß sie leiden, so sage ich, woran sie leiden, oder ich sage es auch nicht; ich meine es aber zu wissen. Kraft meines Wahns. Dieser verläßt mich nicht; alles, was in meinen Entwurf paßt, bietet sich als Beobachtung an. Ich sehe es doch, ich höre es doch, und wenn ich nicht dabei bin, so kann ich es mir ungefähr vorstellen. Ich muß es mir vorstellen; nicht ungefähr, sondern genau. Natürlich zweifle ich, ob meine genaue Vorstellung stimmt. DAS IST DEINE INTERPRETATION, sagen die Frauen; sie selber brauchen keine. Ob es mich peinigt oder beseligt, was ich um die geliebte Frau herum erfinde, ist gleichgültig; es muß mich nur überzeugen. Es sind nicht die Frauen, die mich hinters Licht führen; das tue ich selber.

Montauk, S. 1593

»Ich brauche nicht irgendeinen Mann. Das ist deine Theorie! Auch in dir habe ich nicht irgendeinen Mann gesucht. Warum hast du je geheiratet? Für dich bleibt es eben irgendeine Frau. Das ist es ja, warum ich sage, du bist ein Junggeselle, ein verheirateter Junggeselle. Lächle nur! Entweder ist die Ehe ein Schicksal, meine ich, oder sie hat überhaupt keinen Sinn, sie ist ein Unfug. Was ich will, fragst du? Ich habe mich blöd benommen, ich weiß. Es hat mir wehgetan, wenn du dich irgendwo verliebt hast, das ist wahr, und vielleicht bin ich kleinmütig gewesen. Spielraum in der Ehe, was heißt das? Ich will keinen Spielraum, ich will, daß ich für meinen Mann nicht ›irgendeine‹ Frau bin. Warum verstehst du das nicht?«

Stiller, S. 597

Je schweigsamer die Dame, um so überzeugter ist der Mann, daß er für die Langweile verantwortlich sei. Und je mehr ich dabei trinke, um so weniger fällt mir ein, und je weniger mir einfällt, um so offenherziger werde ich reden, um so persönlicher, bloß weil man unter vier Augen ist. Um zwei Uhr nachts. Ich kenne das! dabei hören Sie überhaupt nicht zu, glauben Sie mir, überhaupt nicht. Sie rauchen bloß vor sich hin und schweigen und warten bloß, bis mir nichts anderes mehr einfällt als die sozusagen nackte Tatsache, daß wir Mann und Frau sind –

Biografie, S. 632

Noch jede Frau, dachte er, jede, die er umarmt hatte, fühlte sich geliebt; jede aber, die er wirklich zu lieben begann, sagte ihm früher oder später, daß er, wie alle Männer, von Liebe keine Ahnung habe …

Gantenbein, S. 956

Ein Mann, der an seiner Frau leidet, ist selbst schuld … Was Männer hörig macht: ihre Verachtung der Frau, die sie sich selbst nicht eingestehen; daher müssen sie verherrlichen und stellen sich blind; wenn die Wirklichkeit sie unterrichtet, laufen sie zur nächsten, als wäre die nächste nicht wieder eine Frau, und können von ihrem Traum nicht lassen … Was man verachtet: ihre Passivität, ihre Koketterie noch da, wo es um ganz andere Dinge geht, die

Permanenz ihrer Frau-Mann-Position, alle andern Interessen entlarven sich als Vorwand oder Tarnung oder Zwischenspiel, ihr unstillbares Liebesbedürfnis, ihre Gewöhnung daran, daß sie bedient werden (Streichhölzer) und immer das Vorrecht haben, enttäuscht zu sein, überhaupt ihr Hang zum Vorwurf, wobei der Vorwurf erraten werden muß, ihr Schweigen-Können, sie wollen und können sich selbst undurchsichtig bleiben, ihr Dulden-Können, ihr Kniff, das Opfer zu sein, dazu ihre entsetzliche Tröstbarkeit in jedem Augen-blick, ihre Flirt-Anfälligkeit noch im Glück, ihre Bereitschaft und List dabei, daß sie es dem Mann überlassen, was geschieht, und wenn der Mann, um handeln zu können, wissen möchte, woran er ist, ihre Kunst des Offen-Lassens, sie überlassen ihm die Entscheidung und damit die Schuld von vornherein, ihre Kränkbarkeit überhaupt, ihr Bedürfnis nach Schutz und Sicherheit und dazu der geisterhafte Wankelmut ihrerseits, kurzum: ihr Zauber ... der Mann gibt sich um so ritterlicher, je mehr Verachtung er zu verheimlichen hat ... Der biologische Unterschied: die Frau kann in einer Nacht mit zehn Männern zusammensein, der Mann nicht mit zehn Frauen; er muß Begierde haben, sie kann es geschehen lassen auch ohne Begierde; deswegen ist die Hure möglich, aber nicht das männliche Gegenstück. Die Frau, zur Schauspielerei genötigt durch die Eitelkeit des Mannes, spielt ihre Auflösung im Genuß, auch wenn er ausbleibt; der Mann weiß nie ganz sicher, was für die Frau wirklich geschehen ist; es ist der Mann, der sich preisgibt, nicht die Frau; das macht ihn mißtrauisch … Die Frau ist ein Mensch, bevor man sie liebt, manchmal auch nachher; sobald man sie liebt, ist sie ein Wunder, also unhaltbar –

Gantenbein, S. 1065f.

Ich bin nun einmal […] ein Mann in den besten Jahren, grau, aber sportlich. Ich halte nichts von schönen Männern. Daß meine Nase etwas lang ist, hat mich in der Pubertät beschäftigt, seither nicht mehr; seither hat es genug Frauen gegeben, die mich von falschen Minderwertigkeitsgefühlen befreit haben.

HF, S. 799

Als der Sohn fünfundfünfzig war, sagte seine Mutter nicht ohne Strenge: Du solltest nicht immer über Frauen schreiben, denn du verstehst sie nicht.

Montauk, S. 1586

Erreicht ist für mehr und mehr Frauen wenigstens die Befreiung von dem Bedürfnis, einem Partner zu dienen. Das ist Mittelalter: Dienerin eines Mannes zu sein. (Erwarte ich das denn?) Und zu sehen ist der notorische Katzenjammer, der zurzeit viele Lebensläufe mitteljunger Frauen kennzeichnet, da sie nur Liebhabern gegenüber sich nicht als Opfer fühlen und daher unter keinen Umständen für einen Partner da sein wollen oder können.

Das alles ist nicht Emanzipation.

Dabei wäre sie dringlich und ernster als die Politik, die täglich Schlagzeilen hervorbringt, aber unsere Gesellschaft nicht verändert; die Emanzipation der Geschlechter als die einzige Revolution, die in unserer militarisierten Industrie-Gesellschaft möglich ist – TB3, S. 22

Seine Auslegung:

Der naturhafte und durch keine Gleichberechtigung tilgbare Unterschied zwischen Mann und Frau bestehe darin, daß es immer der Mann ist, der in der Umarmung handelt. Er bleibt er selbst, und das weiß die Frau; sie kennt ihn. Sie will gar nicht wissen, was sie erraten kann. Umgekehrt weiß der Mann keineswegs, wie eine Frau, wenn sie weg geht, in der Umarmung mit einem andern ist; er kann es überhaupt nicht erraten. Die Frau ist ungeheuer durch ihre fast grenzenlose Anpassung, und wenn sie von einem andern kommt, ist sie nicht dieselbe; das geht, wenn es einige Dauer hat, bis in ihre geistigen Interessen hinein und ihre Meinungen, ihre Urteile. Weil die Frau, wenn sie weg geht, weiter weg geht als der Mann, muß sie sich verstellen, wenn sie zurückkommt, noch im Gespräch über dies und jenes; drum will er wissen, was ihn nichts angeht; die Frau von Geschmack wird es ihm nie verraten, während der Mann, im umgekehrten Fall, sie so gerne langweilt, indem er erzählt. Als könne er, wenn er umarmt, je sehr anders sein! Darauf beruht die Großmut der gescheiten Frau, ihre unerträgliche Großmut, die uns an unsere Begrenztheit erinnert.

Gantenbein, S. 1131f.

Sie will ihr eignes Leben, sie sucht keinen Mann, der meint, daß sie ohne ihn nicht leben kann, und der einen Revolver kauft, wenn er eines Tages sieht, daß sie ohne ihn leben kann. Biografie, S. 645

Sie bewundert kluge Menschen, vor allem Männer, weil sie Männer für klüger hält als Frauen. Wenn sie von jemand spricht: Er ist sehr klug. Oder: Klug ist er gerade nicht. Dabei zeigt sie's niemand, wenn sie ihn nicht klug findet. Sie hält es für ein Zeichen ihrer Liebe, daß es sie kränkt, wenn er, Viktor, in Gesellschaft nicht klüger spricht als sie. TB2, S. 1344

Du sollst dir kein Bildnis machen

Es ist bemerkenswert, daß wir gerade von dem Menschen, den wir lieben, am mindesten aussagen können, wie er sei. Wir lieben ihn einfach. Eben darin besteht ja die Liebe, das Wunderbare an der Liebe, daß sie uns in der Schwebe des Lebendigen hält, in der Bereitschaft, einem Menschen zu folgen in allen seinen möglichen Entfaltungen. Wir wissen, daß jeder Mensch, wenn man ihn liebt, sich wie verwandelt fühlt, wie entfaltet, und daß auch dem Liebenden sich alles entfaltet, das Nächste, das lange Bekannte. Vieles sieht er wie zum ersten Male. Die Liebe befreit es aus jeglichem Bildnis. Das ist das Erregende, das Abenteuerliche, das eigentlich Spannende, daß wir mit den Menschen, die wir lieben, nicht fertigwerden: weil wir sie lieben; solang wir sie lieben. Man höre bloß die Dichter, wenn sie lieben; sie tappen nach Vergleichen, als wären sie betrunken, sie greifen nach allen Dingen im All, nach Blumen und Tieren, nach Wolken, nach Sternen und Meeren.

Warum? So wie das All, wie Gottes unerschöpfliche Geräumigkeit, schrankenlos, alles Möglichen voll, aller Geheimnisse voll, unfaßbar ist der Mensch, den man liebt –
Nur die Liebe erträgt ihn so.
Warum reisen wir?
Auch dies, damit wir Menschen begegnen, die nicht meinen, daß sie uns kennen ein für allemal; damit wir noch einmal erfahren, was uns in diesem Leben möglich sei –
Es ist ohnehin schon wenig genug.

Unsere Meinung, daß wir das andere kennen, ist das Ende der Liebe, jedesmal, aber Ursache und Wirkung liegen vielleicht anders, als wir anzunehmen versucht sind – nicht weil wir das andere kennen, geht unsere Liebe zu Ende, sondern umgekehrt: weil unsere Liebe zu Ende geht, weil ihre Kraft sich erschöpft hat, darum ist der Mensch fertig für uns. Er muß es sein. Wir können nicht mehr! Wir künden ihm die Bereitschaft, auf weitere Verwandlungen einzugehen. Wir verweigern ihm den Anspruch alles Lebendigen, das unfaßbar bleibt, und zugleich sind wir verwundert und enttäuscht, daß unser Verhältnis nicht mehr lebendig sei.
»Du bist nicht«, sagt der Enttäuschte oder die Enttäuschte: »wofür ich dich gehalten habe.«

Und wofür hat man sich denn gehalten?
Für ein Geheimnis, das der Mensch ja immerhin ist, ein erregendes Rätsel, das auszuhalten wir müde geworden sind. Man macht sich ein Bildnis. Das ist das Lieblose, der Verrat. TB1, S. 27f.

»So also siehst du mich!« sagte Julika. »Du hast dir nun einmal ein Bildnis von mir gemacht, das merke ich schon, ein fertiges und endgültiges Bildnis, und damit Schluß. Anders als so, ich spüre es ja, willst du mich jetzt einfach nicht mehr sehen. [...] – nicht umsonst heißt es in den Geboten: du sollst dir kein Bildnis machen! Jedes Bildnis ist eine Sünde. Es ist genau das Gegenteil von Liebe, siehst du, was du jetzt machst mit solchen Reden. Ich weiß nicht, ob du's verstehst. Wenn man einen Menschen liebt, so läßt man ihm doch jede Möglichkeit offen und ist trotz allen Erinnerungen einfach bereit, zu staunen, immer wieder zu staunen, wie anders er ist, wie verschiedenartig und nicht einfach so, nicht ein fertiges Bildnis, wie du es dir da machst von deiner Julika. Ich kann dir nur sagen: es ist nicht so. Immer redest du dich in etwas hinein – du sollst dir kein Bildnis machen von mir! das ist alles, was ich dir darauf sagen kann.«

Stiller, S. 479

Wenn Lila wüßte, daß ich sehe, sie würde zweifeln an meiner Liebe, und es wäre die Hölle, ein Mann und ein Weib, aber kein Paar; erst das Geheimnis, das ein Mann und ein Weib voreinander hüten, macht sie zum Paar. Gantenbein, S. 976

Ich wagte nicht zu fragen: Was machen Sie denn heute abend? Ich wußte immer weniger, was für ein Mädchen sie eigentlich war. Unbekümmert in welchem Sinn? Vielleicht ließ sie sich wirklich von jedem Mann einladen, eine Vorstellung, die mich nicht entrüstete, aber eifersüchtig machte, geradezu sentimental. HF, S. 802

DORLI Ehe als geistiges Bündnis!
HOTZ Das ist es, was ich meine.
DORLI Und alles andere mit anderen Frauen! das könnte ihm so passen. Freiheit in der Ehe! Ich könne tun, was ich wolle –
HOTZ Meine Frau ist nicht mein Eigentum.
DORLI Er kenne keine Eifersucht. So ein Quatsch! Grundsätzlich nicht. So ein Quatsch! Er mache mir keine Vorwürfe –
Wo bleibt da noch die Ehe!?
HOTZ Es ist hoffnungslos. Sieben Jahre lang habe ich

erklärt, was ich unter Ehe verstehe, oder wie meine Frau es nennt: Vorträge gehalten – daß die Ehe nur geht (für mich) als ein Bündnis in Freiheit und Offenheit.
Als geistiges Wagnis.
Ehen werden nicht im Bett geschlossen.

Wut, S. 503

MY LIFE AS A MAN

heißt das neue Buch, das Philip Roth gestern ins Hotel gebracht hat. Wieso würde ich mich scheuen vor dem deutschen Titel: Mein Leben als Mann? Ich möchte wissen, was ich, schreibend unter Kunstzwang, erfahre über mein Leben als Mann. Montauk, S. 1539

Unsere Reise durch Italien – ich kann nur sagen, daß ich glücklich gewesen bin, weil auch das Mädchen, glaube ich, glücklich gewesen ist trotz Altersunterschied. HF, S. 807

Man wohnt zusammen, man verträgt sich, und der Mann, der das Geld verdient, setzt sich in den andern Lehnsessel, raucht, schiebt ein Scheit ins Kamin, man plaudert oder hört die Nachrichten, manchmal geht es sogar darüber hinaus, man regt sich an. Es gibt reizende Abende. Er liest. Man zerstört sich nicht, das ist der Grund, worauf man geht, man ist nicht verliebt, man ist sich gewogen, man verträgt den Geruch des andern, und das ist viel. Ohne die schwärmerische Anmaßung, man müsse verstanden sein und das andere verstehen, öffnet sich ein Gefilde voll schöner Erträglichkeit. Man tappt sich nicht mehr in den Raum, den jeder Mensch als sein Geheimnis, sein Eigentliches anzunehmen lernt, als das, was niemals mitzuteilen ist. Man spricht über Beruf, über die Welt, die ein Ereignis ist, über Leute, von denen man sich ein Bild macht, über Pläne und Ziele, die unsere eignen Tage bewegen, manchmal sogar ausfüllen, und man kennt sich, seine Ansichten, seine Art zu sehen und zu reden, seine Vorlieben im Essen, seine Manieren, seine Grundsätze, seine Wünsche, seine Wunden und Empfindlichkeiten.

Ein Wunderbares ist um die Ehe. Sie ist möglich, sobald man nichts Unmögliches von ihr fordert, sobald man über den Wahn hinauswächst, man könne sich verstehen, müsse sich verstehen; sobald man aufhört, die Ehe anzusehen als ein Mittel wider die Einsamkeit. Dort liegt das Unmögliche! Sobald man ein Gefühl davon gewinnt, daß die Ehe einfach ein Dienst ist, ein Verfahren fürs tägliche Leben.

Einfach zwar nicht, oh, gar nicht! Wehmut muß fallen, und man darf keine Brücken bauen über das Schmerzliche, die Trug sind. Es geht auch ohne das; nur ohne das geht es. Schwierigen, S. 551

Mein Staatsanwalt hält die Ehe (offenbar haben ihn gewisse Erfahrungen daran zweifeln lassen) für durchaus möglich, wenn auch schwierig. Natürlich meint er die wirkliche, die lebendige Ehe. Zu den Voraussetzungen rechnet er unter anderem: das beidseitige Bewußtsein davon, daß wir kein Anrecht haben auf die Liebe unseres Partners; die lebenslängliche Bereitschaft für das Lebendige, selbst wenn es die Ehe gefährdet, und also eine immer offene Tür für das Unerwartete, nicht für Abenteuerchen, aber für das Wagnis; in dem Augenblick, wo zwei Partner glauben, einander sicher zu sein, haben sie sich meistens schon verloren. Ferner: die Gleichberechtigung von Mann und Frau; Verzicht auf die Meinung, daß die geschlechtliche Treue hinreiche, und ebenso auf die andere Meinung, daß es ohne geschlechtliche Treue überhaupt keine Ehe gebe; eine möglichst weitgehende und lautere, nicht aber rücksichtslose Offenheit in allen Nöten dieser Art. Und wichtig scheint ihm auch der gemeinsame Mut gegenüber der Umwelt; ein Paar hat bereits aufgehört, ein

Paar zu sein, wenn einer der beiden Partner oder beide Partner sich mit der Umwelt verbünden, um den anderen Partner unter Druck zu setzen; ferner die Tapferkeit, ohne Vorwurf denken zu können, daß der Partner vielleicht glücklicher wird ohne uns; ferner die Fairneß, nie dem Partner einzureden oder sonstwie glauben zu machen, daß sein Austritt aus der Ehe uns töten würde usw … Stiller, S. 520f.

Nochmals Eifersucht

Den Mann, dem sie plötzlich den Vorzug gegeben, habe ich nicht gekannt; ich wußte nur, daß er erheblich älter war … Ein nächstes Mal, könnte ich mir denken, wird er erheblich jünger sein … Jedenfalls wird er immer eine Eigenschaft haben, die wir ihm um nichts in der Welt streitig machen können, und es wird immer, wenn es so weit ist, ein satanischer Schmerz sein.

Wenn es so weit ist: wenn der Blick zweier Augen, der Glanz eines vertrauten Gesichtes, den du jahrelang auf dich bezogen hast, plötzlich einem andern gilt; genau so. Ihre Hand, die dem andern in die Haare greift, du kennst sie. Es ist nur ein Scherz, ein Spiel, aber du kennst es. Gemeinsames und Vertrautes, jenseits des Sagbaren, sind an dieser Hand, und plötzlich siehst du es von außen, ihr Spiel, fühlend, daß es für ihre Hand wohl keinen Unterschied macht, wessen Haar sie verzaust, und daß alles, was du als euer Letzteigenes empfunden hast, auch ohne dich geht; genau so. Obschon du es aus Erfahrung weißt, wie auswechselbar der Liebespartner ist, bestürzt es dich. Nicht allein daß es nicht weitergeht, es bestürzt dich ein Verdacht, alles Gewesene betreffend, ein höhnisches Gefühl von Einsamkeit, so als wäre sie (du denkst sie auch schon ohne Namen) niemals bei dir gewesen, nur bei deinem Haar, bei deinem Geschlecht, das dich plötzlich ekelt, und als hätte sie dich, sooft sie deinen Namen nannte, jedesmal betrogen …

Anderseits weißt du genau:

Auch sie ist nicht die einzigmögliche Partnerin deiner Liebe. Wäre sie nicht gewesen, hättest du deine Liebe an einer anderen erfahren. Im übrigen kennst du, was niemanden angeht, nur dich: deine Träume, die das Auswechselbare bis zum völlig Gesichtlosen treiben, und wenn du nicht ganz verlogen bist, kannst du dir nicht verhehlen, daß alles, was man gemeinsam erlebt und als ein Letzt-Gemeinsames empfunden hat, auch ohne sie gegangen wäre; genau so. Nämlich so, wie es dir überhaupt möglich ist, und vielleicht, siehe da, ist es gar nicht jenes Auswechselbare, was im

Augenblick, da ihre Hand in das andere Haar greift, einen so satanischen Stich gibt, im Gegenteil, es ist die Angst, daß es für ihre Hand vielleicht doch einen Unterschied macht. Keine Rede davon: Ihr seid nicht auswechselbar, du und er. Das Geschlecht, das allen gemeinsame, hat viele Provinzen, und du bist eine davon. Du kannst nicht über deine Grenzen hinaus, aber sie. Auch sie kann nicht über die ihren hinaus, gewiß, aber über deine; wie du über die ihren. Hast du nicht gewußt, daß wir alle begrenzt sind? Dieses Bewußtsein ist bitter schon im stillen, schon unter zwei Augen. Nun hast du das Gefühl wie jeder, dessen Grenzen überschritten werden und dadurch sozusagen gezeigt, das Gefühl, daß sie dich an den Pranger stellt. Daher bleibt es nicht bei der Trauer, hinzu kommt die Wut, die Wut der Scham, die den Eifersüchtigen oft gemein macht, rachsüchtig und dumm, die Angst, minderwertig zu sein. Plötzlich, in der Tat, kannst du es selber nicht mehr glauben, daß sie dich wirklich geliebt habe. Sie hat dich aber wirklich geliebt. Dich! – aber du, wie gesagt, bist nicht alles, was in der Liebe möglich ist …

Auch er nicht!

Auch sie nicht!

Niemand!

Daran müssen wir uns schon gewöhnen, denke ich, um nicht lächerlich zu werden, nicht verlogen zu werden, um nicht die Liebe schlechthin zu erwürgen –. TB1, S. 328ff.

Ich habe alles getan für eine Scheidung in Frieden und Freundschaft. Alles nach üblicher Vereinbarung: Frau Simone Dorothea Hotz, geborene Hauschild, klagt auf Ehebruch seitens ihres Gatten, der alles Nötige zugibt. Meine Gegenklage lautet (um Dorli zu schonen!) auf Unvereinbarkeit der Charaktere, was keine Übertreibung ist, ich habe meine Frau, wie sie selbst sagt, nie verstanden – am allerwenigsten heute Vormittag um elf Uhr, als Dorli, dieses Erzweib, plötzlich ihre Scheidungsklage einfach zurückzieht.

[…] Woran unsere Ehe in die Brüche geht, das sind nicht die paar Ehebrüche – das schmerzt, ich geb's zu, und als Mode ist's widerlich – sondern die Tatsache, Madame, die schlichte und bodenlose Tatsache, daß ich ein Mann bin (wenn auch ein Intellektueller) und meine Frau, mit Verlaub gesagt, ein Weib.

Wut, S. 490

Was Philemon und Baucis betrifft, so weiß man, daß Eifersucht, begründet oder unbegründet, noch selten durch die Würde stiller Beherrschung getilgt worden ist, eher schon durch eine eigene Untreue, auch wenn die klassische Mär von Philemon und Baucis sie verschweigt und mit Recht; es genügt, daß Philemon es weiß. Er hat nicht gewußt, wie unbefangen er lügen kann; er staunt. Philemon hat zu lang nicht mehr gelogen; das hat ihn so empfindlich gemacht. Nur im ersten Augenblick, als er seine Baucis sieht, ist er befangen; er meint, ihre Lippen müßten es merken. Aber Baucis merkt nicht, was ihre Lippen merken, und ist glücklich, Philemon wieder ein munterer Mann, und als er sagt, er liebe sie, ist es wahr, obschon er vor drei Stunden eine andere Frau geliebt hat; er staunt, wie wahr es ist, o ja, wahr wie sein Geheimnis.

Gantenbein, S. 1038

BERZONA

Eine Ehefrau sagt beim Boccia-Spiel zu ihrem Mann: Du bist schwach wie immer. Er sagt später: Jetzt gibt's nur eins, jetzt knalle ich meine Frau einfach weg. Er meint natürlich nur ihre Kugel in der Bahn. Alles in vergnüglichem Ton. Als er es versucht hat, lacht sie: Können muß man! … Es gibt zwei Möglichkeiten: das Paar spielt zusammen als Partei oder wir mischen, so daß Mann und Frau, spielhalber mit einem andern Partner vereint, gegeneinander antreten.

Als Gastgeber lasse ich die Wahl. Die meisten Paare, ob verheiratet oder nicht, möchten lieber nicht eine Partei bilden, vor allem Paare, die sich schon einmal im Spiel erfahren haben. Tatsächlich sind sie dann weniger vergnügt; da hilft auch kein Wein dazwischen. Dann sagt er: Jetzt tu doch endlich einmal, was ich dir sage. Oder: Entschuldige, das ist mir ausgerutscht. Und da sie nichts sagt, wiederholt er: Entschuldige. Da wir erwachsene und gebildete Leute sind, geht es natürlich nicht ums Gewinnen. Sie sagt: Schau, wie er das macht! Sie meint den Mann in der Gegenpartei. Er sagt: Du hast eben eine Flasche geheiratet. Es kommt vor, daß das Paar, eben noch in bester Laune, lange nicht miteinander spricht, bis sie sagt: Du bist an der Reihe, aber spiele nicht wieder wie ein Idiot. Alles in vergnüglichem Ton. Das Spiel läßt kein ernstes Gespräch zu. Er will es nämlich gut machen. Sie sagt: Gut, sehr gut! worauf er sagt: Aber jetzt mach du nicht wieder alles kaputt. Fast hat man den Eindruck, sie verlieren lieber, zumindest macht der Sieg keine gemeinsame Freude … Spielen sie gegen einander, vereint mit einem andern Partner, so wird es leichter, lustiger. Sie sagt zum fremden Partner: Wir gewinnen! Er sagt zu seiner fremden Partnerin: Fabelhaft! oder wenn es daneben gegangen ist: Das war der Boden. Aber sie reden auch als Mann und Frau zueinander, jetzt von Partei zu Partei; er sagt: Gib's auf, Helene, da ist nichts mehr zu machen. Alles im vergnüglichen Ton. Sie sagt zu ihrem fremden Partner: Hauen Sie ihn einfach weg! und schon ist es geschehen, aber es kränkt niemand, es ist ein Spiel. Sie necken sich nur. Sie sagt: Siehst du! oder sie sagt jetzt gar nichts, ihre Kugel liegt genau, wo sie liegen sollte; er fragt: Hast du geworfen? Natürlich hat sie diese Kugel geworfen; er fragt ja nur. Ihr fremder Partner macht ihr Mut, wenn er ihr die Kugel reicht (schon das tut ihr Mann nicht): Und jetzt machen Sie noch einen Punkt! Ihr Mann sagt: So ein Glück! Es geht wirklich nicht ums Gewinnen. Sie sagt allgemein: Leo kann es nicht vertragen, wenn er verliert. Darauf geht er nicht ein, sondern sagt zu seiner fremden Partnerin: Ihr Mann ist unschlagbar. Zwischenhinein läßt sich auch über Kinder sprechen, über die Straßenverhältnisse, über das Zürcher Schauspielhaus usw., schon nicht über Hochschulfragen; er sagt oder sie sagt: Spiel jetzt! … Also eine Partei hat tatsächlich gewonnen, was sogleich unwichtig ist, ein schöner Abend, dann wieder Gespräch; später einmal gehen sie, wie sie gekommen sind: ein glückliches Paar, eine gute Ehe.

TB2, S. 1275f.

Rolf (so sagte er selbst) hatte nie damit gerechnet, daß seine Ehe, seine eigene, in die Brüche gehen könnte wie so viele andere Ehen ringsum. Er sah keinen Grund dafür. Er liebte Sibylle und lebte damals durchaus in der Meinung, das Eheproblem sozusagen auf seine eigene Art gelöst zu haben. Eine Ehe im klassischen Stil, Monogamie, war es wohl schon lange nicht mehr. Das Leben, wie Sibylle es sich erträumt hatte, war es allerdings nicht, anderseits auch nicht die Hölle, nur eben eine Ehe wie viele andere, und sie machten jedes Jahr eine schöne Reise zu-sammen, Ägypten zum Beispiel. Der Gedanke, sich jemals zu trennen, lag ihnen ferne, und in allen bisherigen Nöten hatten doch beide Teile offenbar das Gefühl, einander im Grunde durchaus sicher zu sein. [...] Und dann war er schon immer der Meinung gewesen, daß man die Ehe nicht in einem spießbürgerlichen Sinne begreifen dürfte; er hatte da, wie gesagt, offenbar eine sehr ernsthafte Theorie, wieviel Freiheit in die Ehe einzubauen wäre, eine Männer-Theorie, wie Sibylle es nannte. Sie konnte solche Theorie nie ausstehen, scheint es; dabei beruhte sie auf der Wissenschaft verschiedener Fakultäten. Und selbstverständlich fußte diese Theorie auf einer vollkommenen Gleichberechtigung von Mann und Frau. Es war eben nicht, wie Sibylle oft meinte, eine geistreiche Männer-Ausrede; nicht nur. Rolf meinte es darüber hinaus sehr ernst; aus seinem Beruf kannte er die Misere, die Tartüfferie um einen Begriff von Ehe, dem keine Realität entspricht, und es ging ihm um die Idee einer lebbaren Ehe, um die Würde, nicht in Verstellung vor sich selbst zu leben. Stiller, S. 528

Er hat reichlich über Eifersucht geschrieben. Schon deswegen hat er sich in den letzten Jahren jede Eifersucht versagt. Es wäre keine neue Erfahrung für ihn, wenn er wieder in Eifersucht verfiele; es fiele ihm als Schriftsteller dazu nichts ein, nichts Neues.

Montauk, S. 1595

Ein Mann und eine Frau, als der erste Rausch der unpersönlichen Liebe verrauscht war, erkannten, daß sie wie für einander geschaffen waren. Sie verstanden einander so trefflich. Nur war der Rausch eben verrauscht. Und so lebten sie zusammen, nicht übermütig, aber ohne Zerwürfnisse. Nur manchmal geschah es, daß er die Umarmung, während sie stattfand, wie von außen sah, als sitze er in einem Sessel daneben oder als stehe er grad am Fenster, er hatte Gedanken, wie wenn man auf die Straße hinausschaut, keine schlimmen, aber Gedanken, dann wieder war er eins mit sich und mit ihr, und später, wenn sie einen

Tee kochte, rief er sie mit ihrem Kosenamen, und als sie den Tee eingoß, sagte er, daß er sie liebe. Es war durchaus wahr. Und ihr ging es wahrscheinlich ebenso. Auch sie liebte ihn, nur ihn, wenn auch anders als im Anfang, persönlicher. Sie waren unzertrennlich, sie reisten zusammen. Einmal, in einem Hotel, war er bestürzt, als er die Umarmung, während sie stattfand, in einem Spiegel sah, und froh, daß es sein Körper war, mit dem sie ihn betrog, und er schaute in den Spiegel, in dem er sie ebenso betrog. Es kam zu Krisen über Lappalien. Dabei liebten sie einander. Eines Abends, später, saß er eine Zeitung lesend, während sie im Bett lag; er hatte Gedanken, alltägliche, wie er sie manchmal in der Umarmung heimlich hatte, aber er saß tatsächlich in dem Sessel; sie schlief, und er konnte sich, von jenem Spiegel belehrt, ohne weiteres vorstellen, wie ein andrer sie umarmt, und saß daneben, keineswegs bestürzt, eher froh um die Tilgung seiner Person, eigentlich heiter: Er möchte nicht der andere sein. Zeitung lesend, während sie schlief und vielleicht träumte, was er sich von außen vorstellte, war er eins mit seiner großen Liebe. Sie hießen Philemon und Baucis: Das Paar.

Gantenbein, S. 1087f.

Ich liebe das Leben mit allem wuchernden Zwiespalt! Daß ihre Liebe vor einigen Wochen noch ehrlich und herrlich war, wer zweifelt daran? Hingabe und Geschenk, Traum, Glück. Daß man sich nahe gestanden, wie zwei Menschen sich näher nicht sein können, und dann, nach einem Fegefeuer verlogener Leidenschaften, Eifersüchte, Rachsüchte: daß es weg ist, einfach weg, daß sie einen andern Mann empfängt und ihn mit ihren gleichen Zärtlichkeiten umgibt, deren Einfall ihn entzücken mag — mein Gott, und daß in alldem eine tiefe, kühle, weltinnige Wonne liegt, eine Demut, ein Bekenntnis, ein Annehmen, ja, daß all dies ehrlich und von Herzen voll sein kann, herrlich, so grausam wie herrlich! Es gibt kein anderes Vorwärts, wir müssen hindurch. Durch uns, durch die Welt, durch alle Seligkeiten und Schmerzen des Lebens! Wo der Geiz, wo das Besserwissen aufhört, beginnt die Ahnung.

Schwierigen, S. 476f.

FRAGEBOGEN

1.
Ist die Ehe für Sie noch ein Problem?

2.
Wann überzeugt Sie die Ehe als Einrichtung mehr: wenn Sie diese bei andern sehen oder in Ihrem eignen Fall?

3.
Was haben Sie andern öfter geraten:
a. daß sie sich trennen?
b. daß sie sich nicht trennen?

4.
Kennen Sie auch Versöhnungen, die keine Narben hinterlassen auf der einen oder auf der andern oder auf beiden Seiten?

5.
Welche Probleme löst die gute Ehe?

6.
Wie lange leben Sie durchschnittlich mit einem Partner zusammen, bis die Aufrichtigkeit vor sich selbst schwindet, d.h. daß Sie auch im Stillen nicht

mehr zu denken wagen, was den Partner erschrekken könnte?

7.
Wie erklären Sie es sich, daß Sie bei sich selbst oder beim Partner nach einer Schuld suchen, wenn Sie an Trennung denken?

8.
Hätten Sie von sich aus die Ehe erfunden?

9.
Fühlen Sie sich identisch mit den gemeinsamen Gewohnheiten in Ihrer derzeitigen Ehe? Und wenn nicht: glauben Sie, daß Ihr ehelicher Partner sich identisch fühlt mit diesen Gewohnheiten, und woraus schließen Sie das?

10.
Wann macht Sie die Ehe eher nervös:
a. im Alltag?
b. auf Reisen?
c. wenn Sie allein sind?
d. in Gesellschaft mit vielen?
e. unter vier Augen?
f. abends?
g. morgens?

11.
Entwickelt sich in der Ehe ein gemeinsamer Geschmack (wie die Möblierung ehelicher Wohnung vermuten läßt) oder findet für Sie beim Kauf einer Lampe, eines Teppichs, einer Vase usw. jeweils eine stille Kapitulation statt?

12.
Wenn Kinder vorhanden sind: fühlen Sie sich den Kindern gegenüber schuldig, wenn es zur Trennung kommt, d.h. glauben Sie, daß Kinder ein Anrecht haben auf unglückliche Eltern? Und wenn ja: bis zu welchem Lebensalter der Kinder?

13.
Was hat Sie zum Eheversprechen bewogen:
a. Bedürfnis nach Sicherheit?
b. ein Kind?
c. die gesellschaftlichen Nachteile eines unehelichen Zustandes, Umständlichkeiten in Hotels, Belästigung durch Klatsch, Taktlosigkeiten, Komplikationen mit Behörden oder Nachbarn usw.?
d. das Brauchtum?
e. Vereinfachung des Haushalts?
f. Rücksicht auf die Familien?
g. die Erfahrung, daß die uneheliche Verbindung gleichermaßen zur Gewöhnung führt, zur Ermat-

tung, zur Alltäglichkeit usw.?
h. Aussicht auf eine Erbschaft?
i. Hoffnung auf Wunder?
k. die Meinung, es handle sich lediglich um eine Formalität?

14.
Hätten Sie der standesamtlichen oder der kirchlichen Formel für das Eheversprechen irgend etwas beizufügen:
a. als Frau?
b. als Mann?
(Bitte um genauen Text)

15.
Falls Sie sich schon mehrere Male verehelicht haben: worin sind Ihre Ehen sich ähnlicher gewesen, in ihrem Anfang oder in ihrem Ende?

16.
Wenn Sie vernehmen, daß ein Partner nach der Trennung nicht aufhört Sie zu beschuldigen: schließen Sie daraus, daß Sie mehr geliebt worden sind, als Sie damals ahnten, oder erleichtert Sie das?

17.
Was pflegen Sie zu sagen, wenn es in Ihrem Freun-

deskreis wieder zu einer Scheidung kommt, und warum haben Sie's bisher den Beteiligten verschwiegen?

18.
Können Sie zu beiden Seiten eines Ehepaares gleichermaßen offen sein, wenn sie es unter sich nicht sind?

19.
Wenn Ihre derzeitige Ehe als glücklich zu bezeichnen ist: worauf führen Sie das zurück?
(Stichworte genügen)

20.
Wenn Sie die Wahl hätten zwischen einer Ehe, die als glücklich zu bezeichnen ist, und einer Inspiration, einer Intelligenz, einer Berufung usw., die das eheliche Glück möglicherweise gefährdet: was wäre Ihnen wichtiger:
a. als Mann?
b. als Frau?

21.
Warum?

22.
Meinen Sie erraten zu können, wie Ihr derzeitiger

Partner diesen Fragebogen beantwortet? und wenn nicht:

23.
Möchten Sie seine Antworten wissen?

24.
Möchten Sie umgekehrt, daß der Partner weiß, wie Sie diesen Fragebogen beantwortet haben?

25.
Halten Sie Geheimnislosigkeit für ein Gebot der Ehe oder finden Sie, daß gerade das Geheimnis, das zwei Menschen voreinander haben, sie verbindet?

FB, S. 13-18

Quellenverzeichnis

Die Zitate in diesem Buch sind den folgenden Ausgaben entnommen.

Antwort	Antwort aus der Stille. Eine Erzählung aus den Bergen. Mit einem Nachwort von Peter von Matt. Frankfurt am Main, 2009.
Biografie	Biografie: Ein Spiel. In: Sämtliche Stücke. Frankfurt am Main, 1995, S. 625-724.
FB	Fragebogen. Frankfurt am Main, 1992.
Gantenbein	Mein Name sei Gantenbein. In: Romane, Erzählungen, Tagebücher. Mit einem Nachwort von Volker Hage. Frankfurt am Main, 2008, S. 891-1162.
HF	Homo faber. Ein Bericht. In: Romane, Erzählungen, Tagebücher. Mit einem Nachwort von Volker Hage. Frankfurt am Main, 2008, S. 719-890.
Montauk	Montauk. Eine Erzählung. In: Romane, Erzählungen, Tagebücher. Mit einem Nachwort von Volker Hage. Frankfurt am Main, 2008, S. 1527-1643.
Reinhart	Jürg Reinhart. Eine sommerliche Schicksalsfahrt. In: Gesammelte Werke in zeitlicher Folge. Erster Band. Frankfurt am Main, 1976, S. 225-385.
Santa Cruz	Santa Cruz. Eine Romanze. In: Sämtliche Stücke. Frankfurt am Main, 1995, S. 7-76.
Schwierigen	Die Schwierigen oder J'adore ce qui me brûle. In: Gesammelte Werke in zeitlicher Folge. Erster Band. Frankfurt am Main, 1976, S. 387-599.
Stiller	Stiller. In: Romane, Erzählungen, Tagebücher. Mit einem Nachwort von Volker Hage. Frankfurt am Main, 2008, S. 359-717.
TB1	Tagebuch 1946-1949. In: Romane, Erzählungen, Ta-

gebücher. Mit einem Nachwort von Volker Hage. Frankfurt am Main, 2008, S. 7-358.

TB2 Tagebuch 1966-1971. In: Romane, Erzählungen, Tagebücher. Mit einem Nachwort von Volker Hage. Frankfurt am Main, 2008, S. 1163-1526.

TB3 Entwürfe zu einem dritten Tagebuch. Herausgegeben und mit einem Nachwort von Peter von Matt. Berlin, 2010.

Wut Die große Wut des Philipp Hotz. Ein Schwank. In: Sämtliche Stücke. Frankfurt am Main, 1995, S. 485-521.

Max Frisch
im Suhrkamp und im Insel Verlag
Eine Auswahl

Andorra. Stück in zwölf Bildern. BS 101 und st 277. 144 Seiten

Andorra. Stück in zwölf Bildern. Text und Kommentar. Kommentar von Peter Michalzik. SBB 8. 176 Seiten

Antwort aus der Stille. Eine Erzählung aus den Bergen. 171 Seiten. Gebunden.

Biedermann und die Brandstifter. Ein Lehrstück ohne Lehre. Mit einem Nachspiel. BS 1075. 88 Seiten. st 2545. 96 Seiten. es 41. 84 Seiten

Biedermann und die Brandstifter. Ein Lehrstück ohne Lehre. Text und Kommentar. Kommentar von Heribert Kuhn. SBB 24. 144 Seiten

Bin oder Die Reise nach Peking. BS 8. 136 Seiten

Biografie: Ein Spiel.
BS 225. 118 Seiten. Neue Fassung 1984. BS 873. 192 Seiten

Blaubart. Eine Erzählung. BS 882. 172 Seiten. st 2194. 172 Seiten

Die chinesische Mauer. Eine Farce. es 65. 112 Seiten

Dienstbüchlein. st 205. 161 Seiten

Don Juan oder Die Liebe zur Geometrie. Eine Komödie in fünf Akten. es 4. 112 Seiten

NF 662/1/5.10

Entwürfe zu einem dritten Tagebuch. 213 Seiten. Gebunden

Erzählungen. Zusammengestellt von Peter von Matt.
st 3658. 272 Seiten

Forderungen des Tages. Porträts, Skizzen, Reden 1943-1982.
Herausgegeben von Walter Schmitz. st 957. 399 Seiten

Fragebogen. BS 1095. 104 Seiten. st 2952. 96 Seiten

Homo faber. Ein Bericht. BS 87. 216 Seiten. st 354. 208 Seiten.
st 2740. Romane des Jahrhunderts. 240 Seiten. st 3984. Großdruck. 339 Seiten

Homo faber. Ein Bericht. Text und Kommentar. Kommentar von Walter Schmitz. SBB 3. 304 Seiten

Mein Name sei Gantenbein. Roman.
st 286. 304 Seiten. st 2879. Romane des Jahrhunderts. 336 Seiten

Der Mensch erscheint im Holozän. Eine Erzählung.
st 734. 160 Seiten. st 3214. 148 Seiten

Montauk. Eine Erzählung. BS 581. 210 Seiten. st 700. 224 Seiten

Romane, Erzählungen, Tagebücher. Quarto. 1.782 Seiten

Stich-Worte. Ausgesucht von Uwe Johnson. st 2728. 254 Seiten

Stiller. Roman.
580 Seiten. Gebunden. st 105. 448 Seiten. st 2647. 432 Seiten

Tagebuch 1946-1949. 1966-1971. Zwei Bände.
1114 Seiten. Gebunden

NF 662/2/5.10

Tagebuch 1946-1949. st 1148. 415 Seiten

Tagebuch 1966-1971. 404 Seiten. BS 1015. st 256. 448 Seiten

Triptychon. Drei szenische Bilder. 114 Seiten. st 2261. 140 Seiten

Wilhelm Tell für die Schule. Mit alten Illustrationen. st 2. 112 Seiten

Briefwechsel

Max Frisch/Uwe Johnson. Der Briefwechsel. 1964-1983. Herausgegeben von Eberhard Fahlke. 431 Seiten. Gebunden. st 3235. 440 Seiten

»Im übrigen bin ich immer völlig allein«. Briefwechsel mit der Mutter 1933. Berichte von der Eishockeyweltmeisterschaft in Prag. Reisefeuilletons. Herausgegeben von Walter Obschlager. Mit Illustrationen. 328 Seiten. Gebunden

Zu Max Frisch

»Jetzt ist Sehenszeit«. Briefe, Notate, Dokumente 1943-1963. Herausgegeben und mit einem Nachwort versehen von Julian Schütt. Mit Abbildungen. 243 Seiten. Broschur

jetzt: max frisch. Mit zahlreichen Fotos, Dokumenten, Zeichnungen. Herausgegeben von Luis Bolliger, Walter Obschlager und Julian Schütt. st 3234. 348 Seite

NF 662/3/5.10